上空から見た原爆投下3日後の爆心地とその北部一帯

（出所）『米軍撮影・長崎被爆荒野　被爆70周年に問う「戦争と平和」』（長崎文献社）
2015年　40-41頁

上空から見た爆心地と長崎県立「盲唖学校」周辺の施設・学校

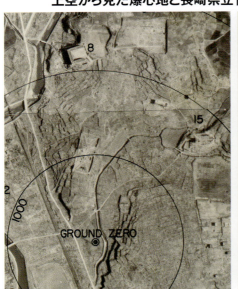

上空から見た長崎県立「盲唖学校」（左上）と浦上天主堂（15）

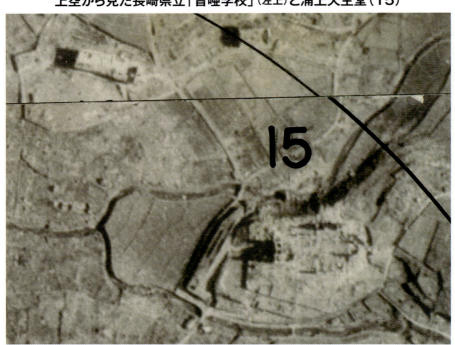

（出所）『米軍撮影・長崎被爆荒野 被爆70周年に問う「戦争と平和」』（長崎文献社）2015年 39-41頁

北東側から見た浦上天主堂（左端）と長崎県立「盲唖学校」（14）

南東側から見た被爆の長崎県立「盲唖学校」（14）

焼野原の中の長崎県立「盲唖学校」（南西側から）

（出所）『広島・長崎の原爆災害』（岩波書店）1979年　30-31頁より

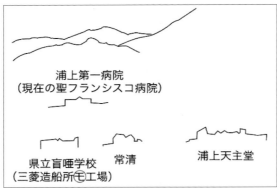

（出所）ショファイユの幼きイエズス修道会日本管区
　　　　『記念誌　長崎原爆60周年　常清高等実践女学校』
　　　　（2005年）　14頁

南東側から見た焼野原の中の長崎県立「盲唖学校」

山里町の高台（現在の原爆資料館付近）より爆心地を中心として、約180度のパノラマ展望（1945年［昭和20年］10月中旬、紺碧の空の下、爆心地一帯は静寂の中にあった。その時、北の山陰からリズミカルな音とともに、薄い黒煙をはく汽車が現れた。）〈林重男氏撮影〉

An approximately 180° panorama shot of the ruins looking toward the hypocenter area from the hill in Yamazato-machi (near the site of present-day Nagasaki Atomic Bomb Museum). The hypocenter area was quiet under the blue sky that day in mid October, 1945. Then a rhythmical sound broke the silence and a train appeared from the shade of the mountain chugging black smoke.
[photograph by Shigeo Hayashi]

（出所）長崎市『原爆被爆記録写真集』（1996年） 29頁

（出所）長崎市『原爆被爆記録写真集』（1996年）60頁の写真上部をカット
　　　（左端・城山国民学校、中央・長崎県立「盲唖学校」、右端・浦上天主堂）

北東側から見た被爆の長崎県立「盲唖学校」（カラー写真）

（出所）『米軍撮影・長崎被爆荒野 被爆70周年に問う「戦争と平和」』（長崎文献社）2015年 40-41頁。

北西側から見た被爆の長崎県立「盲唖学校」(右上:浦上天主堂)

写真掲載許諾の詳細は65頁に一括掲載

まえがき

　本書は、1945年8月9日に長崎（浦上）にアメリカによって投下された原子爆弾（以下、原爆）を実際に体験された目の不自由な人（視覚障害者）と耳の不自由な人（聴覚障害者）の貴重な証言とその証言者の多くを育んだ長崎県唯一の特別支援学校（＝当時は併置型の長崎県立盲学校・同聾唖学校＝通称・略称「長崎県立盲唖学校」）の歴史と被爆実態を後世に伝えるために出版するものです。戦後も73年余が経過し「平成」という時代が終わろうとする節目の今、戦争体験・被爆体験者の多くがこの世を去り、体験の風化が懸念される現状に鑑み、障害者の立場から、特別支援教育の分野から今一度「あの日を忘れない」ために、末永く語り継いでいただくために、刊行するものです。

　本書の出版は、4つの条件が揃うことによって可能となりました。その点に言及しながら本書の構成を紹介していきます。

　第一は、2017年夏に国立長崎原爆死没者追悼記念館により初めて視覚障害者の被爆証言（佐々木浜子さんの被爆体験）が発表されたことです。それを契機にNHK視覚障害ナビ・ラジオが「長崎・あの日を語り継ぐ」を特集して2回放送し、そのための取材に私も応じました。それらの内容が、第1章になります。

　第二は、すでに30年余前から長崎ろうあ福祉協会・全国手話通訳問題研究会長崎支部によって聴覚障害者の被爆体験の聞き書きが取り組まれ、その成果が『手よ語れ』（1986年）や『原爆を見た聞こえない人々』（1995年）となって出版されていたことです。1988年11月に長崎大学に着任した私は、『手よ語れ』を1988.12.15付で購入して読んでいます。そして、2003年8月9日には山崎榮子さんが「平和への誓い」を担ったことに深く感動しました。第2章は、紙幅の関係もあり、それらの貴重な証言の一部が収録されています。

第三は、平成の大合併で市域が拡大した長崎市が、市制120年史を編纂し、その教育分野の統括と小学校・特殊教育(特別支援教育)の執筆を私が担当したことです。『新長崎市史(第三巻・近代編)』(2014年)の「戦時下の教育」には、長崎市の近代史の悲劇として原爆で破壊された学校の写真が可能な限り挿入されています。第3章は、その教育分野(特殊教育)の中の「盲・聾教育」が修正・加筆されて収録されています。

　第四は、編著者の私が2019年3月末をもって長崎大学を定年退職することです。上記3つの条件が揃ったことが幸いして、構想が浮かび、3章構成で退職記念出版を思い至った訳です。その思いは「あとがき」に譲ります。

　本書が、揺るぎない平和への学びに活用されることを願っています。

長崎県立盲学校・ろう学校創立120周年を記念して　2018年12月

平 田 勝 政

<目次>

口絵

まえがき ・・・・・・・・・・・・・・・・・・・・・・・・・ 9

第1章　目の不自由な人たちの被爆体験と証言

第1節　NHK視覚障害ナビ・ラジオ「長崎・あの日を語り継ぐ」（司会・室由美子）・・・ 12

第2節　佐々木浜子さんの被爆体験と証言 ・・・・・・・・・・・・・ 27

第2章　耳の不自由な人たちの被爆体験と証言

第1節　山崎榮子さんの「平和への誓い」・・・・・・・・・・・・・ 34

第2節　山崎榮子さんの被爆体験と証言 ・・・・・・・・・・・・・ 37

第3節　坂口忠男さんの被爆体験と証言 ・・・・・・・・・・・・・ 43

第3章　長崎原爆と長崎県立盲学校・聾唖学校

第1節　私立長崎盲唖院の設立と私立長崎盲唖学校時代（明治期）・・・・・・ 48

第2節　私立長崎盲唖学校の県立移管と浦上校舎新築移転（大正期〜昭和初期）・ 53

第3節　戦時下（昭和10年代）の長崎県立盲学校・聾唖学校と原爆被害 ・・・・ 57

あとがき ・・・・・・・・・・・・・・・・・・・・・・・・・ 64

第1章
目の不自由な人たちの 被爆体験と証言

本章では、まずNHK視覚障害ナビ・ラジオ「長崎・あの日を語り継ぐ」の放送内容を文意を整えながら文字化したものを紹介し、次に視覚障害者の佐々木浜子さんが語った被爆体験の全文を収録しました。

第1節　NHK視覚障害ナビ・ラジオ
「長崎・あの日を語り継ぐ①②」　司会　室由美子

＜①2017年12月10日放送より＞
●「視覚障害ナビ・ラジオ」。

ごきげんいかがですか?　室由美子です。

さて、今日のテーマは「長崎・あの日を語り継ぐ」です。

今年(2017年)の夏、国立長崎原爆死没者追悼祈念館が、初めて視覚障害者の被爆証言を聞き取り、発表しました。視覚障害がある人にとって、被爆とはどんな体験だったのでしょうか。

戦後72年、被爆した方の平均年齢は82歳といわれている今、埋もれていた当事者の声と、平和への思いに耳を傾けます。

●今回、国立長崎原爆死没者追悼祈念館が聞き取りをしたのは、佐々木浜子さん、91歳です。今は全盲で、長崎市内に一人で暮らしています。今でも食事など身の回りのことは自分でされていて、私が訪ねたとき、玄関には丁寧に皮を向いた干し柿が吊るしてありました。
●原爆が落とされたときは19歳。あの瞬間のことは、今も鮮明に覚えています。

佐々木浜子さん

　ピカーっとしたですもん、もう目の前にお日様が落ちてきたと思ったと、カチャーッと音しました、ピチャーっと、ウワー‥みんなガチャガチャ家の屋根の瓦とかピチャピチャ落ちてきたんですね

●もともと佐々木さんは、長崎の生まれではありませんでした。祈念館の聞きとりによる体験記では、ご自分の生い立ちを次のように語っています。

インタビューに応じる佐々木浜子さん

朗読

　「大正15年3月12日、私は神奈川県で生まれました。目が不自由になったのは3歳の時でした。母から聞いた原因は『水疱瘡（みずぼうそう）が顔に出来て目にも入って…』ということでした。目が見えていた時の記憶はぜんぜんありません。今も顔に水疱瘡のあとがあります。4歳の時に父の転勤で長崎に来ました。広い庭があり、築100年の造りのしっかりした家でした。
　子供の頃は母が『せんでよか』と言って何もさせてくれないので、私は家の中に黙って座っていました。ただ座っているだけの暮らしでした」

第1章　目の不自由な人たちの被爆体験と証言　　13

佐々木浜子さん

　母は何でも私に教えんかったんですよね、しいきらん、しいきらんの一点張り、それで、私は、なんでも自分で研究して、ジャガイモでも何でも剥きよった。それけん、私は今でも料理は自分でしいきると。

　学校はね、うちの兄弟が多かったもんやけん、母がやりきらんて、小学校くらいの時、やっとらんとです。やっぱり行きたいと思いました、そうばってん、母がやらん言うけん

　私はこげん目が悪うなっても、ほんと、先でよかこと私にはあるだろうと、自分ながら思いました。

●母親に、学校に通うことをゆるしてもらえず、「いつかきっといいことがある」と思いながら、きょうだいや親戚の子守をして、家で過ごす日々を送りました。それでも近所の友達から編み物を教えてもらい、それが趣味や仕事になったと言います。

●父親は、佐々木さんが9歳の時に、心臓病で亡くなりました。8人きょうだいで兄が3人いましたが、全員軍隊に行き、戦死しました。

●戦争で家族が次々と犠牲になる中、昭和20年8月9日を迎えます。その日も、いつもと変わらない朝の風景がありました。

佐々木浜子さん

　もう掃除なんかをしてしもってね、終わったねと思って、お縁に座ろうと思ったら、隣組で配給があったんですよね、豆腐の配給が、取りに行くとね、お母さんたちが子供さんばね、4,5人私に預けていきなったとですよ、私は「はい、大事に預かっておきます」って預かって、私は縁側に座って編み物をしてたんですよ。

●午前11時2分。原爆投下。

●佐々木さんの家は、長崎市西山町(にしやままち)、爆心地から2.5キロほど離れた山の裏側にあったため、壊滅的な被害はまぬがれました。それでも、衝撃はすさまじいものでした。

佐々木浜子さん

ピカーっとしたですもん、もう目の前にお日様が落ちてきたと思ったと、カチャーッと音しました、ピチャーっと、ウワー瓦とかなんとかピチャピチャ落ちてきたんですね。

私は危ないといって、布団を妹やら子供たちにかぶせてやったんですよ、そうしたら、もう爆風がきてひどいひどい、こんな机でも飛ばす、ガラスドアは割れる、茶棚とか落ちてきて…、ああ、子供たちに傷ひとつない、良かった、はよ、防空壕にいこうといって、あら、庭はどこだったかなと、こうこう触って、やっとここが庭だ、この靴はいて、早く防空壕へいこう、またくるよ、飛行機の、って言って、子供たちを後ろから引っ張って防空壕にいったんですよ。子供たちはお母さん、お母さんと泣きながらついてきたけどね。

防空壕に入ろうとしたら、その爆風のガスのにおいが、鼻にしみつくほどにおいしてきた、私はハンカチを口と鼻にこうして、顔を抑えていた。

その爆弾がすんだ翌日、黒い雨が降ってきた、激しかったです、あの雨は黒かよ、この雨にぬれると爆弾のあれやけん、いかんよって、濡れんごとせんばと、みんな言った、黒い雨って、誰も見たことない、何で真っ黒な雨降ってくるんだろと言った。

●幸いにして家族は無事でしたが、編み物を教えてくれた近所の友達は亡くなりました。
防空壕で一週間暮らし、8月15日の終戦も壕の中で迎えます。
戦争が終わると聞いたときは、ホッとして涙が出ました。
その後、ようやく自宅の片付けが一段落して戻ることができましたが、原爆の

爪痕は町のあちこちに、生々しく残っていました。

佐々木浜子さん

　家に帰ってきてからですね、3日、4日くらい、丁度うちの下が県立高女（のち東高）だったんですよ、そこで死体を焼いた。その臭いが、私は嫌ねと思った。人間を焼くとこんな臭いするのねと思った。臭いは、なんともいえない臭い。昼1時ごろから焼いて、5時ごろまで臭いしていた、ずっと……。

●戦後、佐々木さんは母親や姉と暮らし、あらためて盲学校にも通いました。そこで資格を取り、マッサージを仕事にして家計を支えました。
●今あらためて、戦争と原爆についてどう感じているか、うかがいました。

佐々木浜子さん

　もう二度と原爆を落としてもらいたくないですよね、平和になって戦争が起こらないようにしてもらいたいと思いますよ。二度とこんな恐ろしいことは起こらないように。

●これまで佐々木さんは、自分の被爆体験を身近な人には話していましたが、機会がなかったため、公にすることはありませんでした。今回はたまたま、話を聞いた知り合いが、国立長崎原爆死没者追悼平和祈念館に佐々木さんを紹介したため、聞き取りが実現したそうです。
記念館館長の智多正信（ちた・まさのぶ）さんに、佐々木さんの体験記を読んだ感想と、記録することの意義についてうかがいました。

祈念館館長・智多正信さん

　体験記を読ませていただいて、すごく感銘を受けましたね、光の捉え方、音の捉え方、そして自分自身が周りが見えない中でどんな行動をとられたか、あ

るいは人をどうやって助けたり、かばったりしたか、そういうのがすごく感動しましたね。

　被爆者の方が82歳という平均年齢になったりする中で、その時に継承をどうしていくかというのが、すべて広島も長崎も大きなテーマなんですね。

　なかなか体験記を新たにお書きになることは難しくなってくるんで、お手伝いしながら収録する。それを公開につなげていくと、ここで被爆体験記が記録されるということは、国の施設として国の資料として未来永劫責任持って保管していくということですね。

●国立長崎原爆死没者追悼平和祈念館では、佐々木さんの体験記を墨字だけでなく、点字でも作成し、長崎市や県の盲学校、東京の日本点字図書館に寄贈しました。智多正信さんは、「佐々木さんの体験談は今後、国の資料として未来永劫保管され、若い人たちに原爆の記録を伝えていくために役立ていきます」と話していました。

＊＊＊＊＊＊＊＊＊＊＊＊＊＊＊＊＊＊＊

●取材の中で、私は、佐々木浜子さんのほかにも、視覚障害者の被爆の記録を探しましたが、なかなか見つけることができませんでした。なぜ記録が少ないのか。長崎県視覚障害者協会の会長・野口豊さんにたずねました。

野口豊さん

　被爆体験した人の話は聞いたことはあるけども、それを記録するというのはしてなかったですね。視覚障害者って読み書きが一番困難なんですよね。当時って読み書きの支援てどの程度あったのか…多分自分で書ける方も少なかったんではないか、視覚障害のあった方々がどれほど点字を知っていたかな…知らないとその後記録が出来ないんで、語り継ぐしかない、私たち視

覚障害者が記録を残すっていうのはしっかり残す気持ちで整理する力がいるのかなというのがありますね。

●戦争当時、爆心地である長崎市浦上には、長崎県立盲学校がありました。その学校と生徒はどうなったのかを調べたところ、長崎大学教育学部・教授の平田勝政さんが、論文（第3章の注1-⑤）をまとめていることがわかりました。
●その論文によると、長崎県立盲学校の校舎は、軍需工場として使われ、生徒たちは長崎市近郊の長与という、爆心地から10キロほど離れた仮校舎に疎開していたということです。平田さんのお話です。

平田教授

　昭和20年の春先から市内の鉄筋コンクリートの建物を選択して、その時ここにも兵器工場の分散工場、何を作っていたか秘密なので分かりませんが、表現上ではまるモ工場、盲学校のモをとって、㊝工場という形。長崎の盲唖学校が鉄筋なので目をつけられたと。その措置として三菱の保養所といいましょうか、今も長与に三菱のアパート群があるんですね。

　そこがおそらく疎開先だったんでしょう。「長与校舎」といっている。昭和20年の春先5月くらいだったんだろうと思いますけど、5月・6月に疎開していると、論文でもそのように書いています。

●疎開していたということは、盲学校の生徒たちは原爆の被害を免れたのでしょうか。平田さんによれば、必ずしもそうとは限らないといいます。

平田教授

　疎開してそこに盲学校の生徒さんが全員来たのかというと、そうではなくて、中等部のどのあたりから線をひいているのか…。二年からとか、一年もいたとか色んな証言があってはっきりしないんですが、全員ではないのは確か

です。何名だったの?　といっても人数は、記録簿あればいいんですけどあいまいなものですからはっきり分からないんです。

●疎開から2カ月あまりたった8月9日。爆風は疎開していた長与にも襲いかかりました。しかし、被害の詳細は伝わっていません。
当時、市の中心部に出張していた多比良義男校長は、被爆して亡くなりました。
疎開していなかったり、実家に戻っていた生徒が何人ぐらいいて、どんな被害に遭ったのかも、記録がなく、分からないといいます。

平田教授

　爆風が線路沿いの谷筋を通って長与もかなりの被害、暴風が走ったとか。疎開先の盲学校、仮校舎も窓側のところはガラスが割れ破片が突き刺さったという証言が残っている。それで怪我をしたというのは出てはいないようですが、爆風で吹き上げられるような感じでみな転倒した、吹き飛ばされた。そういう証言まではあるんですけども、情報が視覚からは入っていないので、ビール瓶が何百本も割れたような音がしたとか、そういう爆風の衝撃を体験、長与でもそれくらいの衝撃があったわけですよね。

　その当時担任をされていた先生の証言がほとんど得られていないので、多比良校長も亡くなられているし、核心部分のところが、実は空白。そこのところをどこまで埋められるかという努力をしてきたのですが、いま申し上げたところぐらいでしか、研究に取り組むときには時すでに遅し……。

●「時、すでに遅し」という平田さんの言葉が、あまりにも重く感じられました。

第1章　目の不自由な人たちの被爆体験と証言　　19

<②2018年8月5日放送より>

●取材をさらに続ける中で、盲学校の生徒だったという、二人の男性と出会うことができました。新たな証言をしてくださったのは、今泉一馬さん(88歳)と野田守さん(90歳)です。
●二人の自宅は爆心地から1.8キロ、日ごろからお互いの家を行き来する仲で、一緒に授業を受けることもありました。
盲学校が疎開したときは、二人とも自宅学習とされ、家族と暮らしていました。
今泉さんの話です。

今泉一馬さん

昭和20年の3月に疎開になったんですね。もう学校が軍需工場になるから、みんな帰されたんですよ。そしてそこは女子の人たちが軍需工場として300人くらい働くようになった。落ちたのが8月9日でしょ。聞いてみたら、女子の人たち300人ばかり原爆にやられて死んだというもんですから。自分たちは、盲学校にいれば私もいません、この世には。

今泉一馬さん

●今泉さんは、当時15歳。7人兄弟の4男で、3人の兄は戦地へ行っていたため、残ったきょうだいと両親とで暮らしていました。
戦争が激しくなる中、目に障害のある今泉さんは、自宅近くの防空壕で寝起きするようになっていたそうです。8月9日のあの瞬間も、防空壕の中で迎えました。

今泉一馬さん

　風が吹いてきた、防空壕の中に、さーっと。何だろうか、私は思った、下の妹が爆風で中のほうに吹き飛ばされてきたそうでした。防空壕にいたばかりに助かったんですよ

●防空壕の中にまで熱風が吹き付けてきて、恐ろしくなった今泉さんは、近くにあった丹前をかぶり、身をすくめていました。そこに、幼い妹が駆けつけます。

今泉一馬さん

　妹が「兄ちゃん早く来いと言って」、4歳だったですけど、私の手を引いて稲佐山へ逃げたんですよ。逃げるとき裸足ですよ、妹も裸足だったと思う。履物も何も分からないから、もう火の海です。その中を手を引かれて私は逃げた。火の海で熱いどころじゃない。周りはもう水をくれ、水をくれと言って私に今にも飛びかかってくるような格好で、私たちも命辛々で逃げた。私は泣かない、妹は泣いていた、兄ちゃん、怖い怖いといって、私にしがみついて。頑張れって私も言って逃げたんですよ。これはもう二度と戦争は嫌だなと言いながらですね。

●家で留守番をしていた妹と弟は、たんすの下敷きになりましたが、警防団に助けられました。
両親も無事でしたが、家も仕事も失ってしまったため、佐賀県の親戚の家に身を寄せざるをえませんでした。焼け跡を歩いて移動する道中、辛かったのは食べ物がなかったことだったといいます。

今泉一馬さん

　大変というのはやっぱり食料ですか……。食料がなかったのが1番大変でしたね。缶詰があるので食べませんかと誰かからもらって食べたことある。み

第1章　目の不自由な人たちの被爆体験と証言　　21

かんの缶詰でした。その時は1つもらって、中にはですね、4切れから5切れしか入ってないんですよ。5人で食べたんですね。それで何とかして無理に歩いたんですよ、必死で。

****

●一方、野田守さんは、原爆が落とされたとき、爆心地からおよそ700メートル離れた山の中の小屋にいました。空襲から逃れるため、家族で移った仮住まいです。母親は山の上で畑仕事。野田さんは1歳になる姉の子供を預かり、遊ばせていました。

野田守さん

朝から一年くらいなる甥っ子を預かって、アコーデオンを弾いて遊ばせてたんですよ。その時は何を弾いていたかな、童謡か何か弾いていたと思います。11時ちょっとすぎ、凄い爆風がきたんですね、左からバーっと凄いのが来たような気がした、生ぬるい、爆風がね、窓なんかもガラスがすっとんだからね。割れて、上に頭あげてみたら上から太陽がさしてきてる、屋根が飛ばされちゃった。これで

野田守さん

は危ないから、裏の方に行って窓をあけたら、大きいヒノキがあったんですけど、凄い音をたてて燃えている。危ないから逃げたほうがいい。甥っ子を抱いて、押入から、丹前をとって、左手で抱いて、右手で丹前もって外へ出たんですね。

●野田さんは左腕に甥、右腕に防空ずきん代わりの丹前を抱え、小屋を飛び出しました。割れたガラスの破片で足を何カ所も切りましたが、その時は気づかなかったといいます。

いつもは母親や弟に手を引かれて歩く山道、幅2メートルの川に架けてある40センチほどの細い橋も、勘に任せて走りぬけました。

野田守さん

　みんなもびっくりしているんですよ。よくこのくらいの狭いところを落ちなかったね、落ちたら、私も子供と一緒にね、どうなるかわからなかった。奇跡みたいなもんですね。それを渡って、左へだらだら坂に、駆け下りていった。そしたらお袋が私の名前を呼んで降りてきた。今度はお袋が甥っ子を背負って、私の手をひいて、ずっと下へ降りていった。

　下はじりじり燃えている、危ないなと思ったけど、広場ならいいかもと、広場で伏せてた。そしたら、そばへ焼けただれた人を運んでくる。もう、すごい異様なにおいがしてね。暑い時だから、裸でいたり薄いのでいたりしてる。皮膚がむけて下がって、病人を結構担いで運び込んでいた。そしたら、私も知らなかったら、お袋も前のほう、うんと火傷してね。顔からずっと火傷した。正面からうけた、爆風、顔なんか凄く火傷して、痛い痛いって言ってた。腫れ上がってね、黒いもんぺも焼けて切れて、下の足の方も、火傷していたらしい。周囲からいろんな話をきいたら、私たちのいるところもそうだったけど。

　周りも凄かったらしい、私のいとこも火傷して死んじゃった。同じくらいのがいた。火傷して焼けて死んじゃった。私はちょうど高い山の陰になったんで助かった。

●体中に大やけどを負った野田さんのお母さんでしたが、家族の懸命な看護により何とか一命をとりとめました。

しかし、爆心地近くに出かけていた兄は、消息が全くわかりません。必死に訪

ね歩きましたが、諦めざるを得ませんでした。

野田守さん

　結局兄貴はとうとう見つからなかったからですからね。お墓に入れるのに、兄貴のうちにあった洋服見たいのを入れてお墓に中にいれた……。遺骨がないからね……。

●市内にあった実家も完全に焼けてしまい、終戦は仮住まいにしていた山小屋で迎えました。

野田守さん

　15日、上に家に行ってラジオきいたら、ちょうど天皇陛下が、無条件降伏しますと言ってるの聞いた。とうとう負けたか…、だけど良かったな、これ以上に続いてたら、われわれはどうなるか分からないし。よかったじゃないか。負けて降伏してもらってよかったよ。そういう気になったですね、ほっとしましたよ。

●幸いにして、野田さん自身は、大きな怪我をせずに生き延びました。しかしその後しばらく、体調が優れない日が続いたそうです。

野田守さん

　みんなしばらく、1カ月ちかくは、血便がくだりましたよ。トイレも血の混じったトイレですよ。私も直接は受けてなかったけど、みんなそうですよ。食べたかぼちゃでもなんでも、普通のかぼちゃでないんですよ。ぐちゃぐちゃしたかぼちゃになって、それを食べるでしょ、下痢になって血のうんこになって出てくる。それが何週間かあった、もうしばらく、血なまぐさい感じでいなくちゃいけないのだから、あってはいけませんよ。

　ああいう経験は二度とほかの人にはさせたくないです。

24

●野田さん一家もまた、家と仕事を失い、戦後は親戚を頼って東京に移らざるを得ませんでした。

その後、野田さんは盲学校の専攻科で資格を取り、鍼灸師として東京で治療院を開いて経済的にも自立します。しかし身体の不調は続き、今でも、15分も日光を浴びると肌が赤く腫れ上がってしまうため、冬も日傘が手放せないそうです。

　最後に、被爆者として、今何を伝えたいか、うかがいました。

野田守さん

　原爆っていたら、周り中がノッパラになるんですよ。みんな焼け野原で、完全に焼け野原ですよ。私も驚きましたよ、何にもないんですよ。ずっと、焼け野原、ここに家があった、ここにも家があったのに何もないでしょ。とにかくこういうことは、二度とあってはいけないと思いますけど、経験しない人はわからないけど、経験した人からいわせると、二度とあってはいけない。ただそれだけですね。

●今泉さんにも、今の思いを伺いました。

今泉一馬さん

　もう嫌ですね、原爆も嫌だし、もちろん戦争はもうするべきじゃない、戦争そのものが聞いただけでも冷や汗かきますね、もう二度と原爆はね、二度と原爆は……。

　原爆というその言葉そのものを聞きたくないという事ですね、今は。

●「二度とあってはいけない」「原爆という言葉もききたくない」という、体験した人の言葉。その重みをしっかりと受け止めていきたいと思います。

第1章　目の不自由な人たちの被爆体験と証言　　25

佐々木浜子さん、今泉一馬さん、野田守さん、今回は貴重な体験を語っていただき、本当にありがとうございました。

第2節　佐々木浜子さんの被爆体験と証言

私の被爆体験記
〜いつもと違う光と爆音を感じた瞬間〜

証言者　佐々木(ささき)　浜子(はまこ)さん(91歳)

佐々木浜子さん

視覚障害者の佐々木浜子さんは被爆当時19歳。長崎市西山町2丁目の自宅の縁側で編み物をしている時に被爆した。原爆が投下され爆発した瞬間、いつもと違う光と爆音を感じてとっさに預かっていた近所の子ども達にふとんをかぶせてかばった。自宅の建物は傾き、戸棚は壊れ、ガラスが飛び散り、壁ははがれた。被爆後は自宅の上の防空壕に家族で避難。そこで1週間過ごして終戦を迎え自宅に戻った。

生い立ちと家族

　大正15(1926)年3月12日、私は神奈川県で生まれました。
　三菱重工長崎造船所勤務の父(佐々木つるのぶ)が転勤で長崎から神奈川県に行くことになり、母(佐々木ます)と兄3人と姉も一緒に行って家族で暮らしていました。その転勤先の神奈川県で私と弟が生まれたのです。
　私の目が不自由になったのは3歳の時でした。母から聞いた原因は「水疱瘡(みずぼうそう)が顔にできて目にも入って……」ということでした。目が見えていた時の記憶はぜんぜんありません。今も顔に水疱瘡の痕(あと)があります。
　私は4歳の時に父の転勤で長崎に来ました。長崎に帰って来てから妹が

家族の集合写真(後列右　サングラスをかけているのが浜子さん)

2人生まれました。

　私達が住んでいました西山の家は母方の祖母の家で、当時の住所は長崎市西山町2丁目38番地。県立長崎高等女学校(戦後は県立長崎東高旧西山校舎)の運動場の上にありました。現在の市立上長崎小学校から階段を上がっていくと小さいお地蔵さんがあって、その右側にあった家でした。広い庭があり築100年の造りのしっかりした家でした。家の広い庭には大きなくど(かまど)がありました。そのくどでご飯を炊いていました。

戦前・戦時中の暮らし

　子どもの頃は母が「せんでよか」と言って何もさせてくれないので、私は家の中に黙って座っていました。特に苦労したことはなかったですね。ただ座っているだけの暮らしでした。父は心臓を悪くして38歳で亡くなりました。私が9歳のときでした。お酒が大好きでずっと飲んでいるような父でした(笑)。兄弟は兄3人と姉と私と弟と妹2人の8人でした。

父が亡くなり母は外に働きに出ていたので、私は2人の妹の世話や料理をするようになりました。戦時中にイワシの配給が来ればかまぼこを作ったり、じゃがいもを包丁で下からむいたりしていました。母は「そんなに下からしたらけがする」と言いましたが、私は自分のやり方で包丁を使っていました。するときれいにむくことができました。

　9つ違いの妹（大阪に嫁いだ）の子守りを私はずっとしていました。もう1人の妹（福岡に嫁いだ）は7つ違いでした。兄3人は軍隊に行き、太平洋戦争で全員戦死しました。

　目が不自由ということで、母や家族は芝居見物などさっさと外に出て行くのに、私はいつもひとり家に留守番で、不自由さを感じました。変電所勤務だった3番目の兄が私のことを心配してくれました。一番優しかったですね。兄は留守番をしていた私によく50銭をくれました。「あんたが苦労せんごと、幸せになるごとしてやっけんね」と兄は言ってくれました。

　（戦争が激しくなってから）恐かったのは、空襲の時に遠い親戚になる赤ちゃんをからって（背負って）自宅の上のお墓のせこ（納骨室）に避難したことです。せこのふたを開けて段々を下りて入って行くのがそれは一番恐かったですね。

編み物をおぼえる

　昭和15年に私は編み物を覚えました。母がもともと編み物をしていたので、「お母さんその編み物はどうするの？」と聞いたら「あんたはしいきるもんね」と言って、母は教えてくれませんでした。それでお友達の田川あいこちゃん（原爆で亡くなる）から初めに帯（ひも）の編み方を教えてもらいました。あいこちゃんに「そのひもはどげんして編むと？」と聞いたら彼女は「こうしてこうして棒ば差し込んでこう手ばかけていったら編めるよ」と教えてくれました。それがきっかけであいこちゃんに習いながら編み物を始めました。

　最初は自分でお人形さんのズボンを編んでみました。それから妹の洋服を編んでみるようになりました。すると今度は近所の奥さんに「うちの子どもの洋

服ば編んでくれんね」と言われました。その時は「いやぁ、まだ人様の洋服は
編みきらん」と断ったのですが、「よかよか。手さえ通ればよかとやっけん編ん
でくれんね」と言ってくださったので、それで妹に編んでやった洋服と同じよう
に編んで渡しました。そうしたら奥さんが「あら、ちょうどよかったよ。ありがとう」
と喜んでくれました。それからあっちから頼まれこっちから頼まれというふうに
なりました。

原爆が落ちた日のこと

　昭和20年8月9日。私は19歳でした。朝は普通に起きました。朝食を食べ
てから家のお縁（縁側）に座って編み物をしていました。豆腐の配給がちょうど
その日にあったので、お母さん達から「あんたこん子どもばみとってね」と言わ
れて、私は家の下に住んでいた隣組の子どもさん4人を預かっていました。そ
の子どもさんの家は西山低部の水源地のところにある山川醤油屋さんでし
た。子どもさんの名前はたみこさん、みえこさん、さちこさん、せつこさんです。

　9つ違いの妹は上長崎国民学校4年生で、その日は学校が休みでした。
うちの姉が乾パンの製造会社に勤めていて、家に乾パンがたくさんあったの
で、子どもたちや妹は「お店ごっこする」と言ってみんなで遊んでいました。そ
の時は同い年のえしたやすこさんも家にいました。

　午前11時2分。私はお縁（縁側）で編み物をしていてそばで子どもたちが
遊んでいる時に、パチャーーッといってピカーッと光を感じました。私は「うわー
目の前にお日様の落ちてきなったとやろか」と思いました。続いていつもと違う
爆音がしました。ブァーーーっという音でした。普通の空襲や焼夷弾なんか
とはまた違う感覚でした。その爆音にびっくりして「危なか、恐ろしかねえ」と
私は思いました。それで私は子ども達に向かって「あれ、爆音が違うよ。あん
た達早くこのふとんをかぶんなさい」と言いながらとっさにふとんをかぶせまし
た。もう爆風でガラスも割れたのが分かりましたが、ふとんをかぶっていた子ど
も達にはガラスひとつ当たっていませんでしたし、けがもありませんでした。し

ばらくして私は子ども達4人を連れてガラスを踏まないようにして這って広い庭に出ました。周囲の大人の会話から家の壁は落ち、戸棚も壊れ、瓦も落ちたことを知りました。

　原爆が落ちた時、ちょうど母は寝ていた姉の子どもをだっこしてお隣の大きい家で奥さん(いくしまはなこさん)と話をしていました。母達は飛んで来た飛行機(爆撃機)を「あらあの飛行機は初めての飛行機げなよ。危ない」と言いながら見ていたそうです。いくしまはなこさんは戦後100歳まで生きられ、私も親しくしてもらいました。亡くなった時は寂しかったです。

　7つ違いの妹(当時上長崎国民学校6年生)は当番で西山町4丁目に先生達とまつやに(※1)を取りに行っていました。そのとき原爆の爆音が聞えてきて、先生が「こいは危ない。帰りなさい」と言って、それで妹は友達と西山町4丁目からてくてく歩いて来ました。途中で消防団から「あんた達なんしよっと、早よう帰りなさい。危ないよ」と言われたそうで、妹は泣きながら帰って来たそうです。

　原爆の爆風で家は傾いてしまっているので、家の中には入られなくなりました。それで4人の子ども達を連れて9つ違いの妹とえしたやすこさんと一緒に防空壕へ行きました。瓦礫の上をガサガサ歩いて行きました。家の上にあるお墓に行く階段をずっとのぼって左側に行けば防空壕がありました。防空壕の中に入ると冷やっとしていて寒く感じました。私は濡れた蛙を手で触ってしまい「うわぁ」ってびっくりしました。中はガスみたいな爆風の臭いがひどかったですね。私はそれを吸わないように口にハンカチをあてていました。母も後から防空壕に入って来ました。

　しばらくして雨(※2)がじゃんじゃん降ってきました。それは音で雨だと分かりました。

　防空壕には下西山から避難して来た人や、桶屋町から避難して来た人、血をだらだら流しながら穴弘法さんから避難して来た朝鮮の人などがいました。金比羅山を越えて避難して来た人もいました。子どもさん達が泣いていましたが、(声を出せば空襲の標的になるからと)「泣いたらいかん」と周囲の大人が

(注)※1　まつやには当時航空機の代替燃料になるとされ、全国各地で採取されていました。
　　※2　原子爆弾爆発の後に西山地区に降ったとされる黒い雨と思われる雨の貴重な証言。

怒っていました。私が入った防空壕にはけがをした人あまりいませんでした。後から7つ違いの妹が「お母さん、お母さん」と泣きながら防空壕に入って来ました。その時周囲の人から「お母さんは元気でおったとやっけん泣かんでもよかたい」と声をかけられていたことを覚えています。

　私達家族は防空壕の中で一週間暮らしました。その間にみんなが「原子爆弾が落ちたとげな」と話し合っていましたので、私も原子爆弾が長崎に落とされたことを知りました。当時の食事は米が少なかったので大豆のかすを食べたりうどんのくずをご飯に入れて食べたりしました。うどんのくずはまあまあ食べられましたが、大豆のかすは好きではありませんでした。配給の海藻パンもありましたがこれも仕方なしに食べました。（飲料用の）水は姉達が自宅から運んでいました。

戦後の暮らし

　8月15日の終戦は防空壕の中で迎えました。母がラジオの玉音放送で「戦争はもう止めていいよと天皇陛下さんが言いよんなるよ」と言うので、「あらほんと」と思って聞いていただけで、その時は何も感じませんでした。「あらよかったね、戦争の止んだと?」というくらいでした。

　だいたい自宅が片付いたので、私達は一週間で防空壕から自宅に戻りました。県立長崎高等女学校の運動場では原爆で亡くなった方の遺体を焼いていました。その臭いがもうひどかったです。「人間の焼けるとってこんなふうな臭いのするとばいねえ」と思いました。私は雑巾で自宅の畳などをふきながらそのひどい臭いを感じていました。それから知り合いの大工さんや左官さんがいたので、傾いた家の修理をお願いしました。

　戦後になって玄米の配給がありました。私はその玄米をビンに入れて真っ白になるまで突いていました。姉達が買い出しにも行っていましたので、食事には困りませんでした。原爆の影響で体調を崩したり病気になったりすることはありませんでした。身体はどうもありませんでした。

戦後、マッサージや編み物を自分の仕事としました。(編み物の注文が増えて)徹夜してまで編んでいましたので、目(眼球の奥)が疼(うず)いて2日間水で冷やしながら寝ていたこともありました。その当時は毛糸もあまりない時代でしたので代用毛糸を使っていました。

現在の暮らし

住む場所は西山町から玉園町、平和町、江平町、坂本町と変わりました。

現在私は1人暮らしです。私が60歳過ぎて母や姉が亡くなってから、何でも1人でやるようになりました。坂本町には2年とちょっと住んでいます。今心配事はありませんが将来老人ホームに入らなければいけないのかなと、それだけが心配です。部屋の掃除は毎日自分でしています。今は編み物とカラオケが趣味です。ドレスを着てステージに立つこともあります。大正琴も弾きますし、北海道や韓国などへ旅行にも行きました。料理も得意です。包丁も使い炒め物をよく作ります。天ぷらも好きですが油が飛んで危ないのでこれはヘルパーさんにお願いしています。

若い人へのメセージ

今の若い人達へは戦争の起こらないようしてもらいたいです。今は人間を殺すのをもうなんとも思わないですもんね。戦争を体験していないので恐ろしさが分からないのかなと思います。もう二度と戦争は起こらんごとしてください。

被爆証言を語り終えて

今回は中島るり子先生(もってこい長崎　レクリエーショングループお手玉の会理事長)の紹介で被爆体験の話ができて私は喜んでいます。被爆体験はこれまでちょっと話したことはありますが、私の知らない人達に話すのは初めてです。話ができてよかったです。

＜2017(平成29)年5月22日　長崎市坂本町のご自宅にて収録＞

第2章
耳の不自由な人たちの被爆体験と証言

　本章では、2003（平成15）年8月9日の被爆58周年長崎原爆犠牲者慰霊平和式典において手話でスピーチした山崎榮子さんの「平和への誓い」と被爆体験、さらに坂口忠男さんの被爆体験と証言を紹介します。

第1節　山崎榮子さんの「平和への誓い」

平和への誓い

　皆さん、私の話（手話）を聞いてください。
　私は、生まれた時から耳が聞こえない、言葉がはなせないろうあ者です。
　昭和20年8月9日、一番、おしゃれをしたい年頃の18歳でした。
　その日、私は、爆心地から北に6キロほどのところの疎開先の時津町で、バラックの家を建てる両親の手伝いをしていました。
　11時頃、少し疲れ横になった時、突然目の前が明るくなり、オレンジ色の光を放って広が

山崎榮子さん

るものが見え、直後にものすごい勢いで床に叩きつけられました。

　いったい何が起きたのか、その時は恐怖より驚きの方が大きかったのです。

　夕方、両親と私は山里町の自宅に戻ることにしました。家には3歳年上の姉が待っているはずでした。道ノ尾から先は道もなく、線路を伝って歩きました。川の傍に、顔や首の皮が剥がれ、足をガクガク震わせながら佇んでいる人がいて、水が飲みたかったのでしょうが、焼けただれた腕は伸ばすことができません。顔が歪み、引きつった唇が何かを訴えようとしていました。

　母が、身振りで、「イタイ、イタイ」と言っていると教えてくれました。もちろん、耳が聞こえない私には、原子野をさまよう人たちの呻きもなにも聞こえません。音というものが私にはわからないのです。時々父と母が何かを話し合っていますが、私には何が起きたのかわからなくて、頭の中はボーとしたまま見ているだけでした。

　私たちの家は爆心地近くの山里町にありました。それは押しつぶされ、残骸の奥に赤い炎を残して燻っていました。母はきっと姉の名前を呼びながら姿を求めていたのだと思いますが、私は声を出して姉の名前さえ呼ぶこともできず、ただオロオロしていました。

　突然、うつ伏して両の拳で地面を叩きながら泣く母の様子から、私の姉の死を悟りその背中に覆いかぶさって大声で泣きました。夜になって、ようやく道ノ尾に帰り着いた時、浦上の真っ黒な空からは想像もできないきれいな星が輝いていたことが今も忘れられません。

　私たちろうあ者は家庭にあっても、日常的な会話のほかは、ニュースや噂話から遠ざけられて、ぽつんと孤立した状況にあります。そのため、詳しい情報は伝えてもらえないまま月日が過ぎ、信じられないでしょうが、私は原爆をずっと大きな爆弾と思っていました。終戦から1年経ったある日、偶然に見た写真展で、それが実は「きのこ雲」の形をした「原子爆弾」だと知りました。

　さらに、放射能を浴びた被爆者が後遺症に苦しみ続けるといった詳しい

被害の状況を聞かされたのは、それから随分経ってからのことでした。ろうあ者は長い間、原爆の実態を知ることからも閉ざされていたのです。

　被爆から58年が過ぎた今日、皆さんの前で、こうしてろうあ被爆者の苦しみを訴えることができて感無量の思いです。同時に、文字どおり、何も語らないまま亡くなっていった仲間たちのことを思うと涙が止まりません。

　大切な家族や親戚、友を一瞬にして失くした苦しみと悲しみを乗り越え、今、こうして生かされている私にできることは、すでに亡くなった多くの、ろうあ被爆者の仲間たちに代わって、この目、肌で感じた58年前の出来事を語り続けることです。

　いつまでも、世界平和を祈り、この命が続く限り戦争の悲惨さと平和の尊さを次世代の一人でも多くの人たちに、語り(手話)続けていくことをここに誓います。

　　　平成15(2003)年8月9日

　　　　　　　　　　　　被爆者代表　山崎　榮子

第2節　山崎榮子さんの被爆体験と証言

太陽のようなオレンジ色の光

　私は、その日(1945年8月9日)の朝から疎開先の時津先で、バラックの家を建設していました。11時ごろ、少し疲れて横になって休んでいました。突然パーッと目の前が明るくなり、まるで太陽を見た時と同じようなオレンジ色の光が、目の前に広がって光を放っていました。
「珍しい!」と思いながら目を閉じようとしたその時、爆風みたいなもので床下から突き上げられ、びっくりして飛び起きました。

　しばらくして、空を見上げると白い色の小指ぐらいのものが、ピカピカ光って飛んでいました。ああ、あれが爆弾を落としたのだろうと思いました(B29のことを指すらしい)。両親と私は、長崎市内から少し離れた郊外、時津町にいたので、その時はまだ市内の惨状は想像もできませんでした。

　まして、この爆弾が長崎に空前の被害を与えた原子爆弾とはまったく思いもよりませんでした。

　戦争が終わって1年後、友人も訪ねてきてくれるようになり、戦争で沈んでいた気持ちが少しずつ明るくなりはじめたころ、友人と町に出たとき、写真の展示会で"あの爆弾"の様子を見ました。

　初めて、それが「原子爆弾」だと知ったのです。

　原爆のことは、今、「きのこ雲」と呼ばれていますが、その形を写真で見て本当にびっくりしました。体が震えてどうしようもありませんでした。

　原爆が落ちた日の夕方5時ごろ、疎開先の時津から山里町の家に、両親とともにもどるこ

証言する山崎榮子さん

とにしました。家に姉が一人残っていたのです。

　道ノ尾のところまでやって来ると家がなくなっています。汽車の線路上は歩けそうなので、そこを歩いて行くと、途中でたくさんの人に会いました。全身が焼けただれて真っ黒な人、顔を苦痛にゆがめたひと、何を聞いても返事をすることなくただ黙々と通り過ぎる人等々……。

　さらに歩き続けると、浦上川の草の中（注、土手のことか）には体全体が腫れあがり、手も指も腫れ、顔の皮膚もはげ落ちている人がいました。またある人は、首の肉がはげて垂れ下がり、爆弾があたってズボンがはげて歩けなくなっている。その人は、川の近くにいるのですが、足がブルブル震えていました。水を飲ませてあげたいと思っても、私のいる場所からは少し遠くてどうすることもできませんでした。

　市内に入り爆心地に近づくにつれ死傷者は増え、白と黄色の混じったようなものが体全体に浮き出て男女の区別もつかないように変わりはてていたり、内臓がへその緒のように飛び出したり、足の骨が関節から飛び出たりと様々でした。

　なかでも、爆弾の高熱のためと思いますが、体が弓型でちょうど赤ちゃんのゆりかごみたいにそり返っている人を見た時は、どんなにもだえ苦しんだことかと、かわいそうだと思うと同時に、すごい恐怖を感じました。

　そんなたくさんの横たわっている人を見ながらどうすることもできず、何度も何度も手を合わせその人たちのそばを踏み越えて行きました。

山里町の家も姉の姿も消えて

　だんだん爆弾の威力に驚き、姉のことがとても心配になってきました。姉がいる山里町は爆心地である松山町のすぐそばだったのです。松山の中心地は坊さんの頭のように何もない状態でした。

　山里町の我が家にやっとたどり着いてみると、家は上から押しつぶされていました。

私は両親と一緒に姉をさがそうとしましたが、頭の中がボーッとなり、どうしたらよいのかわかりませんでした。両親は必死で姉をさがしまわりましたが、付近の状況から見て姉の死は疑いようがなく、私と母は二人で抱き合って泣きました。

　家も壊れ姉も死んだと思われるので、三人でまた時津町へもどることにし、歩き始めました。しかし、道ノ尾に着いた時でした。ふと空を見上げると、浦上のあの空からは想像もできないきれいな星が輝いているのでした。それに、山里ではまずくて飲めなかった水が、とてもおいしいのです。父、母そして私も、ともにただ必死で水を飲み続けました。どのくらい飲んだかわかりませんが、とにかくおいしかったのです。

　原爆の悲惨さ、姉の死と、心に残った傷は大きかったのですが、しばらくしてどうにか気持ちも落ち着きました。新しい生活を始めるころになるといろいろと不便なことが出てきました。

　1927（昭和2）年生まれの私は、終戦を迎えたとき、一番おしゃれをして着飾りたい年ごろの18歳でした。しかし、戦後は物が不足していたので、思うような生活はできず、いろいろ工夫したり我慢の毎日でした。

山崎榮子さんと聞き取りをする全国手話通訳問題研究会長崎支部の人たち

　戦争中、山里町の防空壕には、普段使わない丼や茶碗を新聞紙で割れないよう包んで保管していました。戦後、原爆の難をまぬがれた丼などをかき集めて時津へ持って帰りました。

　その丼などを包んでいた新聞紙や、親戚に預けていた着物を包んでいたとても硬くて破れにくい紙を、柔らかくなるまでたんねんにもみほぐし、一枚一枚きれいに折りたたんでためておきました。切実な理由があったのです。

第2章　耳の不自由な人たちの被爆体験と証言　　39

父はこの紙をみて、大便の時に使えると思って私に譲ってくれと言いましたが、私は絶対渡さずにしっかりしまいこんでいました。

　父は私のこんな様子をみて不思議に思ったようでしたが、女である母は、私が生理の時に必要だということをすぐに気づき、父に説明してくれました。それからは、父も何も言わなくなり私も安心しました。

　また、生理用の下着も手に入らない時だったので、これも何とかしなければと考えました。丼や茶碗と同じ様に、防空壕に、はぎれをたくさん箱に入れていたのをもってきていました。その中に、和服の裏地の白い布があったので、それで下着を作ることにしました。

　物差しはないので、自分の指で寸法を測り、親戚の人から針と糸を借りて縫いました。もちろんゴム紐もないので、かわりに布の耳を紐にしてやっとの思いで通して前で結ぶようにして二枚作りました。不自由ななかで作るのですから、一枚作るのに一日かかりました。

　女性として生理に必要な物はこうしてそろえましたが、夏で暑く、汗はかくし、汚れもするので風呂に入りたくてたまりませんでした。

風呂のかわりに水田のため池に入る

　しかし、家にはもちろん風呂はありません。親戚の家も遠いので、毎日は無理で時々しか入りに行けません。そんな私たちをみて、近所の農家の人たちが、すぐ近くにある水田に引く水を貯めてある池に入ってよいと言ってくれました。

　そこは泳げるほどの広い池でしたが、岸辺近くの水底には石がたくさんあり、この石の上に座って入りました。池の中央の方がどの程度の深さかわからず、また、怖くて中央へは行ったことはありませんでした。毎日、夕暮れになると父、母、私の順で池に行き汗を流しました。近くには、私たちの家以外に家はなかったので、人に見られる心配はありませんでした。

　当時不足していたものに石けんがありました。ある日、この石けんを偶然見つけることができました。原爆で亡くなった親戚の人が持っていた物の中の

30センチぐらいのガラスびんに、薄い黄色の粉が入っていました。

　今は石けんや洗剤で喜ぶ人もいないでしょうが、当時は貴重品だったのです。私はその後、兄が復員してきた時も石けんを持って帰ったのをとても喜びました。

　この大切な石けんはびんに入れなおし、下着類を洗濯する時だけ少しずつ出して使いました。他の洋服は、水に浸しておいて水洗いだけですませました。

　自分なりに清潔にしようと考えながら毎日を過ごしていましたが、衣類はやはり不足していました。洋服はすべて山里町の家で焼失していたので、洋服ともんぺとを一枚ずつ持っていただけでした。

　だから、はぎれの箱のなかから白いポプリンの布を見つけた時は、これでブラウスが作れると嬉しくなりました。白だけでは物足りないので、他の赤いはぎれを袖口と襟元に使いアクセントをつけて、自分でも満足のいくものができました。

　それでも、年ごろの私がかわいそうだと思ったのでしょう。義姉が実家の佐賀から帰ってくる時にブラウスを一枚持ってきてくれました。私はとても嬉しくてすぐ着てみましたが、小さくて前のボタンがはずれそうでした。それでも着る服が一枚増えた喜びの方が大きく、ずっと着ていました。

　義姉は、私のブラウスの他にも、不足していた石けんやたくさんのちり紙を持ってきてくれました。私はそのちり紙をもらったので、今までためて大切にしていた紙を父にあげました。

防空壕の中からもらったもの

　こうして、いろいろ不便を感じながらも、どうにか時津で生活していました。やがて父の実家がある島原半島の南有馬へ移り一カ月半ぐらい滞在し、再び長崎へもどってきました。

　原爆ですべてを失った山里町に新たに家を建てるため、材木をさがしてま

第2章　耳の不自由な人たちの被爆体験と証言　　41

わりました。

　石垣を組んだ上に釘を全く使わずに、組立式のような三畳ほどの家というより小屋みたいなトタン屋根の家を作りました。

　この家には畳がありませんでした。石の上に座るのは痛くて無理でした。ちょうど近くの人が防空壕の中に綿をしまっていたので、もらえないかと頼んでみると、快く分けてくれました。それで、石の上にわらを敷き、その上にもらった綿を重ね、さらに上に布を敷き、生活を始めることにしました。

　この時、今でも後悔している出来事があります。それは、他人の防空壕の中から石けんと豚の脂を、黙って取ってきたことです。もちろん、悪いことだとは思っていながら、持ち主もわからないのだから……。という気持ちでやってしまったのです。

　戦争というものがなく、平和な日々を過ごしていれば、いろいろな不便もなく我慢も強いられず、まして他人の物を取るなどということもやらずに済んだのです。

　そして、何よりも私の姉を奪い多数の犠牲者を出し、私の脳裡に焼きついているあの惨状をもたらした戦争は二度と起きてほしくないし、二度と起こしてはいけないとつくづく感じています。

（出典）長崎ろうあ福祉協会・全国手話通訳問題研究会長崎支部編・発行（1986年）『手よ語れ』掲載（192〜203頁）の山崎榮子さんの証言より転載

第3節　坂口忠男さんの被爆体験と証言

　1924（大正13）年3月7日、長崎市日の出町で4男3女、7人兄弟の長男として私は生まれました。

　1歳の時、はしかにかかったのが原因で耳が聞こえなくなったそうです。

　父は、三菱造船所に定年まで30年間勤め、自治会などでも活躍していましたが、17年前に亡くなりました。

　母は91歳の今も健在です。

証言する坂口忠男さん

盲唖学校

　桜馬場町にある私立盲唖学校に6歳の時入学しましたが、歯の病気で休みが多かったため翌年に再入学しました（歯が痛い時、頬から頭に布を巻きつけていたので、その姿が私「坂口」の愛称になっています）。

　同級生は20人ぐらい。畳の部屋で一緒に勉強しました。

　1・2年生の時は、布などを使って息の出し方や、絵カードで言葉を覚える練習を繰り返しました。教科書を使い始めたのは3年生からです。11歳の時に移った新校舎（上野町）は、鉄筋3階建てで当時、京都・東京に次いで立派な建物と話題になりました。

　中等部では、木工・和裁・洋裁の3コースに分かれていました。私は木工に進みたかったのですが、親が危ないと強く反対し、洋裁を選びました。

　製図の仕方から入って、学生服の仕立てまで習った時点で先生が都合で辞められ、急きょ私が教えることになりました。先生の授業は小学部から口

話法だけで進められていきましたが、私は手話を使って教えていたので「よくわかる、おもしろい!」と評判が良く、洋裁科の生徒が増えました。紳士服は、校長先生などの古い背広をといて縫い直しながら自分で覚えました。

弟子入り

　中等部を終え、卒業前の半年間勉強に通った洋服店に入りました。住み込みの弟子は、私と足が不自由な人と2人で一緒に寝起きし、お互いに助け合って生活しました。弟子の間は賃金は少なかったのですが、普通は数年かかるところを、私は5カ月で職人になることができました。洋裁の仕立ては一つ一つ習ったわけではなく、主人(師匠)が縫っているのを盗み見るようにして覚えました。

　次に勤めた店は、戦争が激しくなり強制撤去を命じられ、島原の方へ移転。そこの主人が出兵したので、私が店を任されていました。

被爆

　布地の仕入れのため、汽車で長崎へ。しかし、途中でアメリカの飛行機が見えたので停車、駅のベンチで夜を過ごして8月9日に市内に入りました。

　実家(日の出町)で朝食をすませ、10時過ぎに家を出ました。店のある県庁の方へ歩いていたのですが、急にろう学校の先輩に会いたくなり、行き先を変えました。十人町の広済寺付近へきたとき、突然目の前が真っ白にフラッシュをたいたようでした。驚いて地面に四つん這いになっていると、白が黄色に変わって——。氷の粒々が、空から降ってくるように見えました。こわくなって、目の前にあった防空壕へ避難。

　訪ねようとしたろうあ者の先輩も、赤ん坊を抱いて駆け込んできました。お互いにケガのないのを確かめ合い、30分ぐらいいたでしょうか。外に出てみると県庁の方からは、赤や墨のような煙が流れてきて、寺の上空には、大きな雲——(ずっと後、それが"きのこ雲"と呼ばれている事を写真でみて初めて知りました)。

しばらく空を見上げていましたが、首やのどが痛くなったので、一人で近くの"ドンの山"へ。山へ登ると、アメリカの飛行機が一機旋廻していました。大きな木の下で、浦上の方が燃えているのを見ながら、「今まで見た空襲とは違う……」と何が起こったのかわからなくて、とても不安でした。

　夕方、実家に戻ると、家も家族も無事!　当時三菱に勤めていた父も2〜3日後ケガもなく帰ってきて安心しました。近所の家は、爆風でガラスが割れたりし、飛んできた石等でケガをしている人もいました。

　2日後、母校のろう学校(上野町)が心配になり、家族には黙って山超えし爆心地へ。途中で、亡くなった人を木材の上にのせて、燃やしているのを見ました。学校は疎開していて、兵器工場になっていましたが、すべて焼け焦げて──。中の階段を上がってみると、ガラスが粉々に散らばり、壁が落ち、機械が真っ黒に焦げて曲がっていました。昔、学んだ三階の教室だった所は、天井も吹き飛んで何もありませんでした。あんなに立派な校舎で、文化やスポーツなど九州の中でも特に盛んだったのに、皆の誇りに思っていた学校だったのに……、惨状を見ながら残念でなりませんでした。

　周りには、畑が多かったのですが、すべて焼け野原、木も幹だけで緑は何もなくなっていました。学校のすぐ近くにあった浦上天主堂に行くと、聖堂もたくさんの石像等も崩れ落ち、屋根の上にあった十字架は川の中に飛ばされていました。

本当に良かった終戦

　日本が負けたことを、母が教えてくれました。がっかりしましたが、悲しくはありませんでした。私たちろうあ者は、兵隊になれず役に立たないと差別されていましたので、戦争が終わって本当に良かったと思いました。

　8月終わりごろ汽車で島原へ戻りました。職場の人達は私が死んだものと思っていたようでびっくりしました。初めの予定通り県庁の方へ歩いていたら、本当に死んでいたかも知れません。被爆した人の中には、ケガをしたり髪の

毛が抜けたりする人もいましたが、私は幸いにも喉の痛みや咳、痰が半年くらい続いただけでした。

結婚

しばらくして長崎に戻り、1952（昭和27）年に結婚しました。両親は聞こえる人を望んだのですが、私は何でも話し合えるろうあ者と結婚し、3人の子どもに恵まれました。当初は両親、兄弟と同居でしたが、2年後近くに新築。子育ては、聞こえないということで心配な面もありましたが、両親が協力してくれて助かりました。

私は57歳まで、紳士服の仕立てをして生計を立てました。親に勧められて仕方なく選んだ洋裁でしたが、本当にありがたいと思いました。

ろうあ協会誕生

1946（昭和21）年に、ろうあ者同士18名で『青ろう会』を結成。そのころは、街中で手話を使うと、変な目でみられました。私たちは会員の家に集まって、気兼ねなく語り合い、お互いに励まし合いました。当時、障害者は賃金も少なく、障害年金もない、手話通訳もない、大変苦しい時代でした。

後に青ろう会は、『長崎ろうあ協会』へ名称変更。1947（昭和22）年、県北に『佐世保ろうあ交友会』ができ、翌年九州ろうあ連盟の指導により組織を一つにまとめて、1950（昭和25）年に『長崎県ろうあ福祉協会』が誕生しました。

事務所はろう学校に置き、初代会長は当時のろう学校の校長先生にお願いしました。ろうあ者では、文書作成や色々な交渉などが難しかったからです。先生はあまり手話ができず会議に出席しても、内容がよくつかめませんでした。協会は創りましたが、任せっきりでしたので、これではいけない、ろうあ者の問題は自分たちで解決しなければと、1960（昭和35）年にろうあ者の会長を選び、その後私が1970（昭和45）年から1985（昭和60）年まで務めました。

全国ろうあ者大会

　1978（昭和53）年に、「第27回全国ろうあ者大会」が長崎市で開催されました。初の全国規模の大会であり、また常陸宮殿下夫妻がお見えになるということで、準備も大変なものでした。

　企画、予算書作りなど連盟本部と打ち合わせを重ね、行政への交渉など山崎普憲事務局長と一緒に進めました。山崎さんは、1966（昭和41）年からろうあ協会の事務局を担当し、1988（昭和63）年に亡くなるまで組織強化と手話通訳者の育成に力を注ぎ、協会の基盤づくりに苦労しあった仲間です。

いま

　私は61歳の時に、心臓病のため会長を辞めました。現在は老人部長として、親睦と健康のための旅行とゲートボールを、また長崎市老人クラブ連合会にもろうあ部として入会し、健聴者との交流や学習をおこなっています。

　聞こえない長男もすでに39歳。今、長崎ろうあ福祉協会の会長を、また聞こえない長女も青年部長として、ろうあ運動を引き継ぎ頑張っています。

（1993年聞き書き）

（出典）長崎ろうあ福祉協会・全国手話通訳問題研究会長崎支部編『原爆を見た聞こえない人々』（文理閣発行、1995年）掲載（171〜180頁）の坂口忠男さんの証言より転載

第3章
長崎原爆と長崎県立
盲学校・聾唖学校

この章では、第1〜2章の証言に登場し長崎原爆によって破壊された長崎県立盲学校・聾唖学校（略称・長崎県立盲唖学校）はどのような歴史を刻んできた学校だったのか、その歩みを振り返っておきましょう[注1]。

第1節　私立長崎盲唖院の設立と
　　　　私立長崎盲唖学校時代（明治期）

　長崎県の特別支援教育（旧・特殊教育）は、1898（明治31）年の私立長崎盲唖院の開設による盲・聾唖教育から始まりました。その設立の経緯を辿ると、1891（明治24）年の濃尾大地震による被災地支援の義捐金募集活動の中から発足した「長崎慈善会」（明治26年11月発会式、発起人総代・安中半三郎）が重要な役割を果たしています。同会は、野村惣四郎により開設（明治27〜28年頃）された「野村鍼灸術点字講習所」（市内興善町）を母体に、1896（明治29）年から設立準備を進め、明治31年9月に野村の講習所を仮校舎として授業を開始し、ここに私立長崎盲唖院が開院したのです。西日本（京都以西）における最初の盲唖学校でした。

　その長崎盲唖院の発展過程（明治末期まで）を、所在地の変化（移転）に注目

して4期区分で見ていきましょう。

（1）長崎市興善町36番地時代（1898年9月開校～1900年12月）

　長崎盲唖院の開校式は、1898（明治31）年10月22日に挙行されました。その1カ月後にはグラハム・ベルが官立東京盲唖学校（＝東京校）、京都盲唖院（＝京都校）の視察に続いて、創立間もない長崎盲唖院（＝長崎校）に来校（1898.11.28）しました。当時の鎮西日報（1898.11.30付）は、「電話発明者として有名なる米国のグラハム・ベル氏は、一昨日来崎し、午前十時…盲唖院を参観し、院生徒に向って凡そ半時間計り手話演説をなした」と報じています。

　長崎校の教育目的は、長崎盲唖院規則（1898年制定）で「本院ハ長崎慈善会ニ附属シ盲唖子弟ノ独立自活ニ必須ナル教育ヲ施ス所トス」（第1条）と規定されています。それは野村が教員をしていた京都校の目的規定を踏襲するものでした。開院時の生徒数は、募集人員20名に対し、盲生8名・唖生4名の計12名でした。学科・修業年限等は、盲生教育と唖生教育のそれぞれに「普通科」（＝修業年限3年、入学は満9歳以上）と「技芸科」（＝修業年限3年、入学は普通科第2学年修業以上の者等）が設けられていますが、開院当初は普通科と盲生技芸科（按鍼術）のみで、盲生技芸科（音楽）と唖生技芸科は開設されていませんでした。学年暦は、毎年9月11日開始、翌年9月10日終了というもので、卒業式は7月に挙行され、第1回卒業式（1899.7.20）と第2回卒業式（1900.7.21）でそれぞれ2名の卒業生を送り出しています。

　1900（明治33）年7月調査の長崎盲唖院在学48名の出身県別の構成を見てみますと、長崎県内出身者35名（73％）であり、県外が13名（27％）で3割近くを占めていました。県外からの入学者の内訳は、九州から9名（福岡・大分各3名、熊本2名、佐賀1名）、中四国から2名（広島1名、愛媛1名）などで西日本に広がっていました。

　教育内容・方法上の特徴としては、盲生普通科の「講談」と唖生普通科の「筆談」が注目されます。「講談」は、東京校・京都校のそれを導入したもの

で、「修身及作法」「地理歴史」「理科」等の話や「言語ノ練習」からなる複合教科でした。「筆談」は、東京校から導入したもので、筆談による「修身及作法」「地理歴史」「理科」に関する「会話」でした。また開院当初より盲生には点字法、唖生には手話法と口話法による指導が行なわれていました。特に口話法は、グラハム・ベルの来校が発音教育を促進させる重要な契機となりました。

　施設・設備面では、教室と寄宿舎だけの仮校舎での発足のため、多くの課題を抱えていました。財政面では、1900（明治33）年1月に長崎慈善会が、長崎市に対し補助を要望し、その結果明治33年度より毎年経費の3分の1の補助（明治33年度の補助金は420円）を受けることになりました。

（2）長崎市興善町43番地時代（1900年12月〜1904年3月）

　1900（明治33）年12月、生徒数が50名を超えたことから、長崎市興善町43番地の民家を借用し移転しました。その移転と同時に「私立長崎盲唖学校」改称し、1901（明治34）年度より学年歴を4月入学、3月卒業と改めました。その結果、第3回卒業式は1902（明治35）年3月に挙行され、そこではじめて唖生普通科の卒業生を出しました。それと連動して唖生技芸科（図画）の生徒募集が行われ、明治35年度から生徒の受け入れを開始しました。しかし実際の入学は1903（明治36）年度からでした。明治34〜36年度の生徒数は、70〜80名に増加し、施設・設備面での狭隘化・不便性の解決が焦眉の課題となりました。その解決策として長崎市桜馬場への新築移転を計画しましたが、日露戦争の勃発（明治37年2月）でその計画は中止となりました。

（3）中島聖堂時代（1904年4月〜1908年11月）

　1904（明治37）年4月、生徒の増加に対応するため、やむなく長崎市新大工町の旧長崎聖堂（別名・中島聖堂）校内の講義室を向井氏より賃貸して、3度目の移転をおこないました。この移転に伴って学則を改正し、「長崎盲唖学校

(写真1-①)桜馬場校舎(創立10周年記念日)明治41年11月14日
(出所)『新長崎市史(第三巻近代編)』(205頁)より

(写真1-②)桜馬場校舎(創立10周年記念日)
(出所)長崎県立盲学校『創立八十年記念誌』1979年、口絵写真より

規則」を制定しました。1898(明治31)年の学則と比較すると、教育目的には変更はありませんが、修業年限では普通科が3年から5年、技芸科が3年から4年に引き上げられ、普通科入学の年齢は9歳から8歳に引き下げられまし

た。また盲生技芸科（音楽）と唖生技芸科（図画、刺繍、裁縫、彫刻、指物）が新たに規定され、普通科と技芸科が盲生・唖生ともに整備されました。1907（明治40）年3月には、文部省より優良校として表彰（奨励金百円交付）されました。

（4）桜馬場新校舎への移転と整備・充実（1908年11月〜1912年）

1908（明治41）年、移転先として用地を確保していた長崎市桜馬場町70番地に新校舎の建設工事が始まり、9月7日に上棟式、その2カ月後に念願の新校舎が落成しました。11月14日に新築落成式が開催され、同時に創立十周年祝典が行われました（写真1）。

財政的には、1909（明治42）年度から、規模の拡張に伴い、長崎県からも補助金を受けるようになりました。その結果、県・市の補助金は、支出の約5割となり、公的性格が強まりました。生徒数も1910（明治43）年にピークを迎え、158名となりました。翌明治44年には、唖生技芸科に裁縫部と木工部が設置され、明治45年には盲生技芸科鍼按灸部が按摩術営業取締規則（第1条）を受けて無試験で営業免許が得られるようになりました。

こうして創設から10余年の歳月をかけて当初の「盲唖子弟の独立自活」という教育目的を達成するのに必要な教育条件の整備を一応完成させていきました。以後、桜馬場校舎での教育は、1933（昭和8）年11月の仮移転まで続きました。

第2節　私立長崎盲唖学校の県立移管と
　　　　　　浦上校舎新築移転（大正期～昭和初期）

　大正時代に入ると明治期を支配していた盲・聾唖教育問題の民間による慈善主義的解決とは異なる公的責任（盲唖教育令制定）による問題の解決という思想と運動が台頭し、その全国動向に私立長崎盲唖学校関係者も呼応していきます。例えば、第6回全国盲唖教育大会（1917年7月開催）では、「各府県に公立盲唖学校を設置せられんことを文部、内務両省及貴衆両院に建議若くは請願すること」が提起・可決され、それが契機となって第41回帝国議会衆議院（1918.12～1919.3）に私立校（長崎校を含む）を中心に20件もの「公立盲唖学校の請願」が提出されました。

　1920年前後から大正デモクラシーの高揚を背景に原敬内閣（1918年9月成立）は、初めて文部省の主催で第1回全国盲唖学校長会議（1919.12）を開催し、従来の消極的な慈善主義的放任政策から積極的な社会政策的保護・教育政策に転じる姿勢を明確に示しました。この政策転換は、全国の盲・聾唖教育関係者による盲唖教育令制定運動に弾みをつけ、その運動を活発化させました。

　長崎でも、長崎盲唖学校卒業生を中心に日本聾唖協会長崎部会（会長・私立長崎盲唖学校教諭　中尾栄）が結成され、その発会式（1922.11.15）において注目すべき「宣言」と「決議」がなされました。特に「決議」には、「我等盲唖者も国民の一人なり、故に国家に対して教育の機会均等を要求するの権利ありと認む。此意味に於て盲唖教育令の一日も早く発布せられん事を本会長の名を以て其筋に建議すること」とあり、長崎という一地域にとどまらない当時の日本の特殊教育における大正デモクラシーの思想的到達点の一つが示されていました。その「決議」を受けて翌1923（大正12）年1月に会長名をもって「盲唖教育令発布に関する建議」が総理大臣・文部大臣宛に提出されました。

1923年8月、政府の特殊教育政策の転換と全国的な運動が実って「盲学校及聾唖学校令」(以下、盲聾学校令と記)が公布され、「公立私立盲学校及聾唖学校規程」も制定され、翌年4月に施行されました。その盲聾学校令・学校規程を受けて、私立長崎盲唖学校は、主に次のようなの変化を遂げていきました。

　第一に、盲・聾分離の方針を受けて、校名が長崎盲唖学校から、長崎盲学校と長崎聾唖学校に改称されました。ただし、校名は分離しましたが、両校とも桜馬場校舎を使用する併設型の学校で盲・聾分離は不徹底でした。

　第二に、学則も改正され、盲聾学校令の第1条(教育目的)を受けて、盲学校は「盲人」に、聾唖学校は「聾唖者」に、「普通教育ヲ施シ其生活ニス須要ナル特殊ノ知識技能ヲ授ケ特ニ国民道徳ノ涵養ニ力ムルヲ以テ目的トス」と変更されました。特徴は、従来軽視されてきた普通教育保障の明確化と教育勅語に基づく教育を意味する「国民道徳ノ涵養」の徹底でした。

　第三に、従来の普通科が初等部に、技芸科が中等部に変更され、修業年限も普通科5年が小学校と同様に初等部6年に延長されました。

　盲聾学校令は、7年間の猶予期間を設けて(昭和6年度前までに)道府県立の盲学校と聾唖学校の設置を義務づけていました。長崎両校の場合は、大正13〜昭和3年度の5年間の県立代用校を経て、昭和4年度に県立移管となり、私立長崎盲学校は長崎県立盲学校に、私立長崎聾唖学校は長崎県立聾唖学校と校名を変更しました。しかしこの県立移管は、桜馬場校舎をそのまま使用するという条件整備抜きの公立化であり、盲・聾唖の実質分離も校舎の老朽化・狭隘化の問題も未解決のままでした。

　県立移管後の長崎両校は、学則の改正など様々な拡充整備に着手しますが、充実した教育保障のためには新築移転が不可欠であり、その実現に向け動き出しました。新築移転は、1933(昭和8)年度予算で8万円(臨時費)計上され、同年11月の旧長崎市立商業学校跡への仮移転を経て、1935(昭和10)年7月に浦上天主堂にほど近い上野町に竣工した新浦上校舎(モダンな

（写真2-1）上野町に竣工した新浦上校舎（1935年完成）
（出所）長崎県立ろう学校『70年のあゆみ』より

（写真2-2）
多比良義雄七代校長

鉄筋コンクリート3階建）に移転し、多比良義雄校長（1935.4.30就任）の時代が始まりました（写真2）。

　移転により旧桜馬場校舎の敷地面積612坪から、2003坪と3倍余に拡大しましたが、盲・聾唖学校併設型に変更はありませんでした。新浦上校舎の平面図と内部の様子は、写真3（次ページ）に見る通りです。1936（昭和11）年6月には学則を改正して、聾唖学校に予科（＝幼稚部、修業年限2年）の設置や聾唖学校中等部の修業年限5年制（1年延長）への変更など、主に聾唖教育が充実していきました。予科の設置により、口話法に基づく早期からの言語教育が開始され、中等部5年制の実施は一般中等学校と同等水準に達しました。

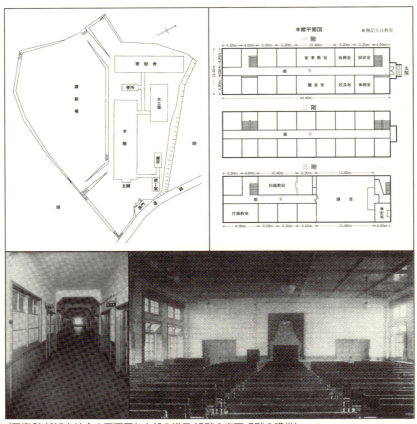

(写真3)新浦上校舎の平面図と内部の様子(2階の廊下・3階の講堂)
(出所)上の平面図は(注1)の平田・菅論文(第Ⅳ報・34-35頁)より、下・左は『盲学校八十年史』(口絵写真)より、下・右が『長崎県立盲学校100年のあゆみ』(31頁)より

第3節　戦時下(昭和10年代)の
　　　　長崎県立盲学校・聾唖学校と原爆被害

ヘレン・ケラー女史の来崎

　昭和10年代の長崎県立両校の出来事で特記すべきは、1937(昭和12)年4〜7月に来日したヘレン・ケラーが、5月28〜31日にトムソン秘書と通訳の岩橋武夫氏とともに来崎し、2回講演をおこなって大きな感銘をあたえたことです。28日の女史歓迎大演説会では、「長崎市民の皆に一般有識者が盲聾唖者等の不具者に対し良き教育と補導の手をのばしていただいて欲しい。盲人及び聾唖者は肉体上の束縛を忘れて生活を楽しんでいただきたい」と講演し、29日(午前)の男女中等学校生徒に対する講演会では、自身の願い事は「世界の平和」にあること、盲・聾唖者への励ましとしては、「自分の力を信じる事」「人はベストをつくしてやればできない事はない事」「良き実を結ぶ為には必ずしもよき耳を持ち、よき目を持つ人に限らない」という事を、塙保己一や野口英世の例を出して演説しました。

　同日の午後には上野町の長崎県立盲学校・同聾唖学校を訪れ(写真4)、熱烈歓迎の中、生徒の花束・記念品贈呈と生徒の総代の挨拶に応えて、「可愛い少年少女たち　あなたがたの

(写真4) ヘレン・ケラー女史来校(昭和12年5月29日)
左からヘレンケラー女史、トムソン秘書、岩橋武夫氏
(出所)長崎県立盲学校『創立八十年記念誌』1979年、口絵写真より

可愛い心の籠った歓迎に対して何とお礼のことばを言ってよいかわかりません。(中略)私どもはただ目が見えぬのではありません。心の目を開いたら私ども

(写真5)ヘレンケラー女史、月桂樹の記念植樹
(出所)長崎県立盲学校『創立八十年記念誌』1979年、口絵写真より

は目あきです。それから又私どもはこの世界にある美しい事を見たならば単なる耳の聞こえない人ではないのです。(後略)」という返礼の挨拶をおこないました。

さらに記念樹として校庭に月桂樹の手植えをおこない(写真5)、次のようなメッセージを添えました。

「この木が日の光、雨の恵みをうけ、見事に成長し、その蔭のもと、教へ児たる目しひ耳しひが健かなる人生を歩むやう、又この蔭がよき働き手(先生)に憩ひと力とを与へる源となるやう、私は祈ってやみません。　ヘレン・ケラー」

日中戦争に突入し、軍国主義教育に転換

　ヘレン・ケラー来校後の7月7日に日本は日中戦争に突入し、以後長崎盲・聾両校の教育は、国民精神総動員(=精動)の下に軍国主義の教育へと転換していきます。とくに長崎県では、精動が「自彊生活運動」という長崎特有の名称をもって一大県民運動として展開され、長崎盲・聾両校にも「自彊奉仕団」が結成されました。盲学校の生徒の回想によれば、「昭和13年といえば、(中略)我々盲学生たちは皆自彊奉仕団などが結成され、日曜日ごとに奉仕作業にかり出され、灼けつくような日光にさらされ、あるいは小雪の舞う冬の日も奉仕作業へと出かけて汗を流し」たとされています。また「自彊の誓い」という宣誓書が配布され、後の「青少年学徒ニ賜リタル勅語」とともに朝礼・式

典・集会等で読まされました。

　1941(昭和16)年4月施行の国民学校令を受けて長崎盲・聾両校は学則を一部改正(県令第21号)し、「皇民」錬成という教育目的の実現に向けて一層軍国主義の教育を強化していきました。長崎盲・聾両校の多比良義雄校長は、1936～37年を中心に人道的見地や教育の機会均等の考え方に依拠して盲・聾唖学校の義務制実施に尽力していた校長でしたが、国民学校令実施の前になると、「学校のあらゆる施設、あらゆる機会、あらゆる力は之を一点に帰一し、学校は之等を通じて彼等を皇国民に錬成する道場であらねばならな」いと述べるまでになっていました。

太平洋戦争突入後には「報国団」が

　太平洋戦争突入(1941.12.8)後には、学友会を「報国団」に改組(1942.4)し、校内に防空壕を盲生と聾唖生が交替で掘り、校庭や学校近くの畑ではトマト、ナス、カボチャ、サツマイモ等を作りました。寄宿舎では夜間に空襲警報が鳴ると畳を踏んで聾唖生を起こしました。勤労奉仕もあり、盲生は長与村(現・西彼杵郡長与町)などの農家まで慰問治療に出かけました。聾唖生の場合には、竹槍訓練、救護訓練、防火・消化訓練がありました。

　1944(昭和19)年8月頃より両校のある長崎市への空襲が見られるようにな

(写真6) 疎開した加津佐町の聾唖学校仮校舎
(出所) 長崎県立ろう学校『八十年のあゆみ』(11頁)より

第3章　長崎原爆と長崎県立盲学校・聾唖学校　　59

(写真7)疎開した長与の盲学校仮校舎跡(1968年撮影)
(出所)『長崎県立盲学校100年のあゆみ』1998年(103頁)より

り、縁故疎開が徐々に開始されていきました。長崎盲・聾両校の疎開は、浦上校舎が鉄筋校舎であったことから、空襲の激化と被害を恐れた三菱造船所が軍需工場の分散疎開先とされたことに始まります。1945(昭和20)年2月末に三菱と長崎県との間に校舎貸与の内約が成立し、県立盲・聾学校校舎は、三菱の分散工場(=秘匿名:㊣工場)とされました。やがて校舎は工場として使用するため床板が取り外され、内壁が打ち抜かれて、工作機械が搬入・設置され、そこに常清高等女学校報国隊と純心高等女学校報国隊の女学生たちが勤労動員されました。

　一方、校舎の軍需工場化と引き換えに、聾唖学校は5月に島原半島の南高来郡加津佐町(現・南島原市)へ(写真6)、盲学校は6月に長与村丸田郷へ(写真7)、それぞれ当地の三菱所有の施設を仮校舎として移転・疎開していきました。ただし家庭の事情や年齢的な問題から、盲学校は中等部2年以上が疎開し、それ以下の学年は自宅待機となりました。聾唖学校は、予科(幼稚部)がその担当教師と共に浦上校舎に近い長崎県立長崎工業学校(現・南山

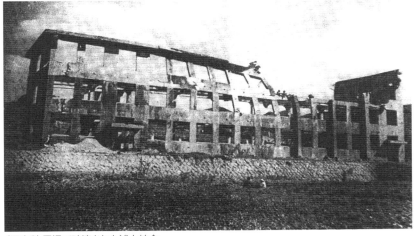

(写真8)原爆で破壊された浦上校舎
(出所)上(左・右)は長崎県立盲学校『創立八十年記念誌』1979年、口絵写真より。下は、長崎県立ろう学校『八十年のあゆみ』(12頁)より

高等学校の敷地)の一室を仮校舎として借用し、「残留組」と称されて、浦上の地に残り、教育活動を続行しました。

　疎開から数カ月後の1945(昭和20)8月9日午前11時2分、長崎(浦上)に原爆が投下され、爆心地から約600mの至近距離にあった長崎県立盲学校・同聾唖学校(浦上校舎)は全焼・全壊し、前記の勤労動員女学生・教官200余名(300名弱とも?)が犠牲となりました。また「残留組」がいた県立工業学校(爆心地より約800m)も全焼・全壊し、「残留組」の担当女教師2名と予科の幼児(10数名?)が犠牲となりました。盲学校の方では、疎開できなかった自宅待機組の生徒4名が犠牲となりました。

第3章　長崎原爆と長崎県立盲学校・聾唖学校　　61

長与村の疎開校舎にいた生徒の証言によれば、「桃色がかかった稲妻の何百倍もの強い光が教室全体を染めたかと思った瞬間、何百本ものビール瓶を箱ごと石にぶつけたような音がして、教室の天井は押し上げられ、机の上の教科書や筆箱など滅茶苦茶にとばされてしまった。学校の中が騒然となり、もう授業どころではなかった」と伝えられています。そして盲・聾両校の校長であった多比良義雄校長が公務で県庁に赴きその帰途中に被爆し、翌10日長与の疎開校舎に「山を越えて衣服は血みどろになって帰って来」ましたが、原爆症で終戦まもない8月18日に「新型爆弾、新型爆弾……」と譫言を言いながら亡くなりました。多比良校長の学校葬は9月30日に聾学校の疎開先の加津佐で挙行されましたが、盲・聾唖学校長（現・特別支援学校長）としては世界史上で唯一の原爆死でした。

　この戦争による悲劇を二度と繰り返さないために、あの日を忘れてはなりません。希望ある未来のために。

<注>
1）第3章は、下記の①〜④の平田勝政・菅達也の共同研究および早田美紗さんを加えた⑤の共同研究の成果をふまえて、平田が2014年刊行の『新長崎市史（第三巻近代編）』（ぎょうせい）に簡略化して執筆した「盲・聾教育」の部分（203〜205頁、628〜630頁、821〜823頁）を土台に、⑥の最新情報も参考にして、平田・菅の共同作業で修正・加筆したものです。引用文などの出典と詳細は、下記の①〜⑤をご参照ください。
①長崎県障害児教育史研究（第Ⅰ報）−1898年設立の私立長崎盲唖院を中心に−「長崎大学教育学部教育科学研究報告」第55号、pp.25〜34, 1998年6月
②長崎県障害児教育史研究（第Ⅱ報）−明治30〜40年代における長崎県盲・聾教育を中心に−「長崎大学教育学部教育科学研究報告」第56号、pp.11〜25, 1999年3月
③長崎県障害児教育史研究（第Ⅲ報）−大正期の長崎県盲・聾教育を中心に−「長崎大学教育学部教育科学研究報告」第57号、pp.33〜48, 1999年6月
④長崎県障害児教育史研究（第Ⅳ報）−昭和戦前期（1929〜1937年）の長崎県盲・聾教育を中心に−「長崎大学教育学部紀要−教育科学−」第58号、pp.29〜46, 2000年3月
⑤長崎県障害児教育史研究（第Ⅴ報）−昭和戦中期〜戦後初期の長崎県盲・聾教育を中心に−「長崎大学教育学部紀要−教育科学−」第62号、pp.25〜32, 2002年3月
⑥岸博実：長崎の原爆で犠牲になった多比良校長の悲願とは「点字毎日活字版」2018年7月26日（5面）

あとがき

「まえがき」では、本書の出版を思いつく4つの条件について記しましたが、何より大事なのは関係者の理解と協力です。それなくしては実現できません。そこで、2018年6〜7月にかけて、第1章（視覚障害）の関係者へ、続いて第2章（聴覚障害）の関係者に、協力依頼のメールをいたしました。幸いにも内諾が得られ、あらためて本書の表紙写真を付して私の「思い」（出版の趣旨）を下記のように記して、メールにて正式な協力依頼をいたしました。

「本書は、私（平田＝編著者）の定年退職を記念して刊行しようとするものです。1988年11月に長崎大学教育学部（障害児教育学の担当教員として）赴任してから30年余り（退職時365月）、長崎を去ることなく在職した（できた）ことの意味を私なりに考えた末、脳裏から離れない2枚の写真（『原爆被爆記録写真集（長崎市）』29頁と71頁の掲載写真）、その写真が問いかけてやまないもの、それをこの人生の節目に形にして残しておくことが私のミッションであると悟りました。換言すると、＜長崎原爆で焦土と化し、その焼野原に壊滅した浦上天主堂・常清高等女学校と並んで立つ破壊された長崎県立「盲唖学校」の無惨な姿、あの無惨な被爆校舎と犠牲者は後世の私たちに何を語り伝えているのか、同時に障害のある人たちはどんな被爆体験をしたのか＞、悲劇を二度と繰り返さないために、その事実・証言等を掘り起こし、意味づけ、問い続けた貴重な取り組みの成果（私の研究成果を含めて）を1冊にまとめ、長崎市民・県民はもちろんのこと、被爆地長崎を訪れる修学旅行の中・高校生や一般の方々に＜見やすく、わかりやすく、読みやすい平和学習の書物＞にして残すこと、それが長崎を去るにあたり、私の為すべき使命と判断し出版を決断した次第です。その背景（根底）には、詳記しませんが、私の母（広島の平和公園に程近い河原町が実家、＜はだしのゲン＞と同じK小学校出身）が両親と兄の3人を広島原爆で亡くしていること、九死に一生を得て生き残った母の妹が被爆者として、その子らが被爆2世として戦後を生き抜いたことを付け加えておきます。」（若干補正）

この趣旨が伝わったのか有難いことに皆様のご理解・ご協力が得られ、引き受けてくれる出版社も長崎文献社に決まり、出版の運びとなりました。とはいえ不慣れな編集作業のため、紆余曲折、折に触れていただいた貴重なご意見や励ましにより、何とか突破することができました。

第一章では、NHK視覚障害ナビ・ラジオの室由美子様の節目ごとにいただいた電話での素敵な声が何よりの応援歌で元気をもらいました。さらに2回放送分の原稿の合体化・まとめ方についてNHK制作局文化福祉番組部チーフディレクターの海老沢真様から適切な助言をいただいたことで何とかまとめることが出来ました。感謝です。

第二章では、長崎ろうあ福祉協会と全国手話問題研究会長崎支部の関係者の皆さんの協力に感謝いたします。長野秀樹先生（長崎純心大学教授）を窓口として節目ごとに下瀬和枝様や西川研様にも進捗状況をお知らせしながら進めてまいりましたが、証言の選定、掲載許諾等の煩雑な業務をご担当いただいた長野先生（その関係の方々）には大変なお手数をおかけしました。心からお礼申し上げます。

第三章は、私のゼミの第一期生で師弟関係を超えた長年の共同研究仲間である菅達也氏が本書の意義を理解され、毎月1回会合を持ち尽力いただいたことに感謝いたします。

さらに、昨年6月にこの出版計画について相談し、11月に正式な出版契約を結び、最後までお力添えをいただいた長崎文献社の堀憲昭編集長に深甚の感謝をいたします。

最後に、本書を、凡人の私を研究者に育ててくれた清水寛先生（埼玉大学名誉教授）はじめご指導いただいた大学院時代の恩師（山住正己・小沢有作・坂元忠芳・茂木俊彦の諸先生）に、長崎大学では相川勝代先生（長崎大学名誉教授）をはじめとする諸先生方及び出会った学生・院生に、そして私の守護神である長寿の母（現在97歳）と30年前に他界した父に、日々支えてくれた妻と息子たちに、感謝の気持ちを込めて捧げます。

2019年1月31日

平 田 勝 政

【参考文献】

＜長崎県立盲学校関係・沿革誌など＞
・長崎県立盲学校『創立八十年記念誌』(全156頁)1979年
・長崎県立盲学校『長崎県立盲学校100年のあゆみ』(全287頁)1998年

＜長崎県立ろう学校関係・沿革誌など＞
・長崎県立ろう学校『創立六十周年誌』(全122頁)1958年
・長崎県立ろう学校『70年のあゆみ』1968年
・長崎県立ろう学校『八十年のあゆみ』(全35頁)1980年(?)
・長崎県立ろう学校『創立百周年記念誌』(全132頁)1998年

＜上記以外の文献＞
・長崎ろうあ福祉協会・全国手話通訳問題研究会長崎支部編・発行『手よ語れ〜ろうあ〜被爆者の証言』北人社(全239頁)1986年8月9日発行
・池田杉男著『長崎ローア・ドキュメンタリー劇画　ノーモア・ろうあ被爆者』(全55頁)1986年10月発行
・長崎ろうあ福祉協会・全国手話通訳問題研究会長崎支部編『原爆を見た聞こえない人々』文理閣発行(全234頁)1995年
・長野秀樹:長崎平和祈念式典　山崎榮子「平和への誓い」の持つ意義(『原爆文学研究』3所収)2004年
・『新長崎市史(第四巻現代編)』ぎょうせい,2013年
・『新長崎市史(第三巻近代編)』ぎょうせい,2014年
・全国手話通訳問題研究会長崎支部(内部資料)被爆70周年座談会・ろうあ被爆者体験の聞き書き活動のこれまでとこれから(全18頁)2015年
・清水寛『太平洋戦争下の全国の障害児学校:被害と翼賛』新日本出版社,2018年

「あの日を忘れない」使用写真許諾一覧と撮影者
・表紙　6-01-04-01-0001　米軍
　　　　6-01-01-07-0004　米軍
・p1　6-01-04-00-0001　米軍
　　　　6-01-04-00-0002　米軍
　　　　6-01-04-00-0003　米軍
・p3　6-01-04-00-0011　米軍
　　　　6-01-01-07-0002　米軍
・p4　6-05-00-00-0013　小川虎彦
　　　　6-05-00-00-0014　小川虎彦
　　　　6-05-00-00-0015　小川虎彦
・p5　6-12-00-00-0003　林　重男
　　　　6-12-00-00-0004　林　重男
　　　　6-12-00-00-0005　林　重男
　　　　6-01-01-09-0001　米軍
・p6　6-41-05-00-0002　米軍
・p7　6-01-04-00-0014　米軍

＜模写等許可証　長被継第408号＞

筆者経歴

平田　勝政（ひらた・かつまさ）

（略歴）1954年1月、岡山県倉敷市（旧・児島市）に生まれる。地元の赤崎小学校、味野中学校、岡山県立児島高等学校を卒業後、徳島大学教育学部、東京都立大学大学院人文科学研究科修士課程・博士課程に学び、1988年11月、長崎大学教育学部に助教授（障害児教育担当）として着任。以後、2005年4月に長崎大学教育学部教授、2016年12月長崎大学大学院教育学研究科教授となる。2019年3月、長崎大学を定年退職。

（著書）『わが国における「精神薄弱」概念の歴史的研究』（共著）、『文化と教育をつなぐ』（共著）、『障害児教育の歴史』（共著）、『優生学と障害者』（共著）など多数。

長崎・あの日を忘れない
―原爆を体験した目や耳の不自由な人たちの証言―

発　行　日	初版 2019年3月1日
著　　　者	平田 勝政
発　行　人	片山 仁志
編　集　人	堀 憲昭
発　行　所	株式会社 長崎文献社
	〒850-0057 長崎市大黒町3−1　長崎交通産業ビル5階
	TEL. 095-823-5247　FAX. 095-823-5252
	ホームページ http://www.e-bunken.com
印　刷　所	オムロプリント株式会社

©2019 Nagasaki Bunkensha, Printed in Japan
ISBN978-4-88851-310-4　C0037
◇無断転載、複写を禁じます。
◇定価は表紙に掲載しています。
◇乱丁、落丁本は発行所宛てにお送りください。送料当方負担でお取り換えします。